Analyse de l'œuvre

Par Magali Vienne
et Apolline Boulanger

Au revoir là-haut

de Pierre Lemaitre

lePetitLittéraire.fr

Rendez-vous sur lepetitlitteraire.fr et découvrez :

Plus de 1200 analyses
Claires et synthétiques
Téléchargeables en 30 secondes
À imprimer chez soi

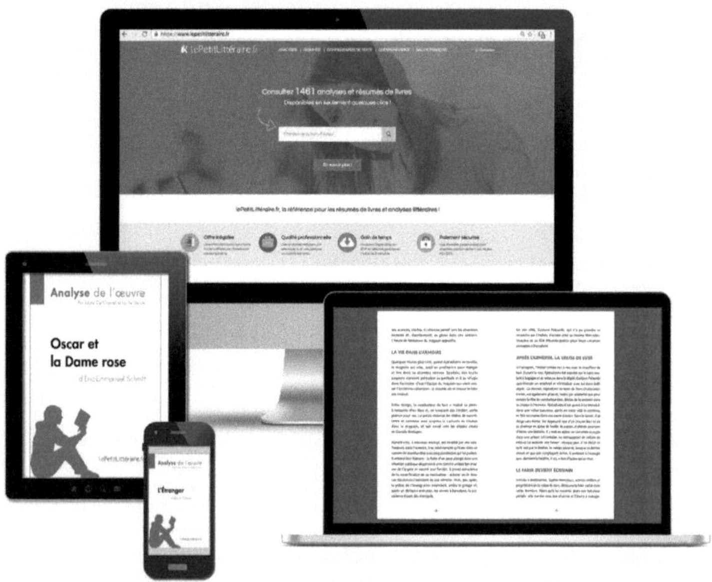

PIERRE LEMAITRE

ROMANCIER ET SCÉNARISTE FRANÇAIS

- **Né en 1951 à Paris**
- **Quelques-unes de ses œuvres :**
  - *Robe de marié* (2009), roman
  - *Alex* (2011), roman
  - *Trois jours et une vie* (2016), roman

Ancien enseignant de littérature né en 1951, Pierre Lemaitre a commencé sa carrière de romancier en 2006 avec un thriller intitulé *Travail soigné* et s'est rapidement spécialisé dans le polar. Pour rédiger ses romans, il puise son inspiration dans des faits réels ou des phénomènes sociaux qui servent de cadre à ses intrigues. Il est également scénariste pour le cinéma et la télévision, et a réalisé l'adaptation de son roman *Cadres noirs*. Après avoir reçu de nombreuses récompenses pour son œuvre littéraire, *Au revoir là-haut* (2013) a obtenu le prix Goncourt.

AU REVOIR LÀ-HAUT

UNE FRESQUE SOCIALE
SUR FOND DE DÉMOBILISATION

- **Genre :** roman
- **Édition de référence :** *Au revoir là-haut*, Paris, Albin Michel, coll. « Littérature générale », 2013, 507 p.
- **1re édition :** 2013
- **Thématiques :** après-guerre, devoir de mémoire, patriotisme, gueules cassées, relations filiales

Publié en 2013, *Au revoir là-haut* est un roman dont l'intrigue débute juste avant l'armistice de 1918 qui met fin à la Première Guerre mondiale (1914-1918). Il raconte comment deux anciens soldats français, Albert et Édouard, survivent à la Grande Guerre et tentent de réintégrer une société civile qui ne sait comment réagir face au retour des hommes qui se sont battus pour elle. Pierre Lemaitre y dénonce également la manière dont certains hommes, profitant de leur situation sociale et de leurs relations politiques, sont parvenus à s'enrichir aux dépens de l'État, en exploitant le devoir de mémoire. L'intrigue s'inspire donc de faits réels et est profondément ancrée dans l'histoire. Par ailleurs, sa publication intervient à moins d'un an des commémorations du centenaire de la Première Guerre mondiale.

RÉSUMÉ

LES DERNIERS JOURS DE LA GUERRE

Le lieutenant Henri d'Aulnay-Pradelle, dit Pradelle, est un aristocrate terriblement imbu de sa personne, qui est issu d'une famille désargentée à laquelle il veut redonner sa place dans la haute société. Pour ce faire, il souhaite sortir glorieux de la Grande Guerre et, pour s'assurer quelques lauriers supplémentaires à quelques jours de l'Armistice, il décide de lancer une dernière offensive visant la cote 113. Pour motiver ses troupes, peu disposées à se battre sachant que la fin est proche, il assassine deux de ses hommes et impute ce crime aux Allemands, situés à quelques centaines de mètres de leur tranchée. Mais, lors de l'offensive, Albert Maillard, un petit comptable âgé d'une vingtaine d'années, s'aperçoit de son forfait. Par conséquent, Pradelle décide de le faire taire en l'enterrant vivant dans un cratère avant de retourner diriger la suite des opérations. Édouard Péricourt, l'un de ses camarades, est témoin de la scène et sauve Albert juste avant qu'ils ne se fassent tous deux souffler par un obus.

La démobilisation

Albert, grâce à Édouard, reste en vie sans autre séquelle qu'une paranoïa et une peur noire du lieutenant Pradelle. Ce n'est pourtant pas le cas de son sauveur. Édouard Péricourt, déjà blessé à la jambe avant de réanimer Albert, a reçu un éclat d'obus dans le visage : hormis la mâchoire supérieure, il n'a plus ni langue, ni bouche, ni menton ; ne lui reste qu'un trou béant laissant apparaitre sa trachée. Lorsqu'il découvre l'ampleur de sa blessure, à l'origine de son mutisme, Édouard perd connaissance et tente ensuite de se suicider, sauvé de peu par Albert qui se sent désormais responsable de son destin. Ancien artiste, dessinateur provocateur, Édouard Péricourt vient d'une famille riche dont il est le dernier membre avec son père et sa sœur ainée. Ayant peur de leur réaction face à sa gueule cassée, il demande à Albert de changer son identité et de le faire passer pour mort. Ce dernier s'exécute, et écrit à la famille d'Édouard pour leur annoncer sa mort, y joignant le carnet à dessin du jeune homme. Il doit également faire face à ses propres problèmes : le lieutenant Pradelle, pour éviter toute suspicion, l'accuse d'avoir déserté le champ de bataille pendant le dernier assaut. Albert parvient à démentir ces propos et évite de peu la peine de mort. Pradelle revient le voir avec la sœur d'Édouard, affligée par le décès factice de son frère, qui réclame son corps. Convenant d'un accord, les deux hommes mènent la jeune femme devant la tombe d'un soldat inconnu qu'ils font passer pour celle d'Édouard. Madeleine Péricourt, bravant la loi, fait rapatrier le corps à Paris.

RETOUR À LA VIE CIVILE

De retour à Paris, Albert a tout perdu pendant la guerre : son travail à la banque, sa mère et sa petite amie Cécile l'ont abandonné, sa situation financière étant peu reluisante. À la rue, il est contraint de se trouver un nouveau logement et un travail. Hanté par Pradelle et traumatisé par la guerre, il devient homme-sandwich et retrouve Édouard, qu'il recueille chez lui. Il est impossible pour son ami de trouver un travail (notamment à cause de sa défiguration). Il refuse d'avoir recours à une intervention chirurgicale et ne peut recourir aux aides sociales proposées aux gueules cassées, n'ayant plus d'identité légale : il devient une charge de plus pour Albert. En outre, ses longs mois passés à l'hôpital l'ont rendu dépendant à la morphine, contraignant son ami à s'en procurer par tous les moyens. Ils emménagent finalement dans l'appartement de Mme Belmont. Sa fille de 11 ans, Louise, est fascinée par le visage d'Édouard et se prend d'affection pour lui. Elle parvient à redonner un but à ses journées : ensemble, ils fabriquent des masques pour le jeune homme, afin de cacher son visage.

LA CHUTE DE PRADELLE :
L'ÉCHEC D'UNE ASCENSION SOCIALE

De son côté, Pradelle est devenu un véritable héros de guerre. Il a déjà engrangé beaucoup d'argent et s'occupe de réhabiliter l'ancienne demeure familiale, son seul intérêt dans la vie. Il a épousé Madeleine Péricourt, la sœur d'Édouard, qui est également la fille du très riche et très influent Marcel Péricourt. Ce dernier déteste son gendre, qui s'enrichit sur le dos des morts et se pavane aux bras de ses innombrables maitresses alors que Madeleine attend son enfant. Avec l'aide de ses nouvelles relations politiques, Pradelle a en effet lancé une entreprise qui construit, pour le compte de l'État, des cimetières militaires destinés aux soldats français tombés pendant la guerre. Pour gagner toujours plus d'argent, il sous-paie des ouvriers étrangers et triche sur les matériaux utilisés, notamment la taille des cercueils, contraignant les ouvriers à rompre les os des cadavres pour les faire entrer à l'intérieur. La qualité du travail effectué laisse donc à désirer et donne lieu à de nombreuses malversations. Malheureusement pour lui, Joseph Merlin, employé du ministère des Pensions chargé de la vérification des travaux, s'en aperçoit et précipite sa chute. Pradelle tente de le soudoyer, en vain. Ce dernier cherche alors le soutien politique de son beau-père mais celui-ci, non content de pouvoir se débarrasser de lui, refuse de l'aider. L'affaire fait scandale, et Pradelle, condamné à une peine de prison, finit ruiné et délaissé par tous ses proches.

De son côté, M. Péricourt est lui aussi marqué par la guerre : il ne parvient pas à se remettre de la mort de son fils avec lequel il ne s'entendait pourtant pas, notamment à cause de son homosexualité qu'il ne pouvait supporter. Peu à peu, il délaisse ses affaires pour se concentrer sur les souvenirs de ce fils malaimé. Sur les conseils de sa fille, il invite Albert pour que celui-ci lui raconte les derniers instants de la vie de son fils. Afin de réhabiliter sa mémoire, M. Péricourt décide d'acheter un monument-souvenir sur lequel il fait graver son nom. Par ailleurs, il jette son dévolu sur les travaux d'un artiste qui lui rappellent étrangement les dessins d'Édouard.

UNE ARNAQUE À GRANDE ÉCHELLE

Durant ses longues journées en solitaire, Édouard lit beaucoup les journaux et reprend le dessin. Un jour, il a une idée de génie : créer un catalogue de monuments aux morts et monter une grande arnaque visant à vendre de faux monuments sur base de ce catalogue. Il parvient, avec beaucoup de difficultés, à convaincre Albert de l'aider. Il lui promet qu'avec la somme gagnée, ils fuiront à l'étranger. Néanmoins, pour imprimer le catalogue, ils ont besoin d'argent : Albert accepte alors la place de comptable proposée par M. Péricourt dans sa banque, et détourne plusieurs milliers de francs. Convaincu des risques qu'ils encourent, Albert devient de plus en plus paranoïaque, s'imaginant tous les jours que quelqu'un découvrira leur subterfuge.

Dans leur soif de commémoration, toutes les communes veulent ériger des monuments à la mémoire des soldats. Par conséquent, le catalogue d'Édouard séduit énormément et, très vite, l'escroquerie est un succès. Mais, à quelques jours de leur départ, le pot aux roses est découvert : M. Péricourt, victime lui aussi de l'arnaque de la société *Le souvenir patriotique*, charge alors Pradelle, qui vit ses derniers jours de liberté, de retrouver le coupable avant les journalistes pour pouvoir étouffer l'affaire. En échange, il lui promet de parler en sa faveur au ministre, même si cela n'est qu'un mensonge. Comprenant qu'il n'a pas d'autre choix pour sauver sa peau, Albert s'enfuit avec Pauline, une bonne employée chez la famille Péricourt dont il est tombé amoureux. Lorsque Pradelle parvient à retrouver l'escroc, M. Péricourt se rend à l'adresse indiquée plus par curiosité que par désir de justice, admettant sa défaite. Mais, en chemin, au volant de son automobile, il ne peut éviter son fils au moment où celui-ci se jette devant lui ; juste avant le choc, les deux hommes se reconnaissent. Pour soulager sa conscience, M. Péricourt décide de rembourser toutes les victimes de son fils.

ÉTUDE DES PERSONNAGES

ALBERT MAILLARD

Albert est âgé d'une vingtaine d'années quand, envoyé sur le front, il laisse sa fiancée Cécile et sa place de comptable à la banque derrière lui.

Il est décrit physiquement comme assez banal : de petite taille et le teint pâle, il a un visage triste à cause d'une cicatrice de guerre qui lui donne un « air de Pierrot triste » (p. 20). Il manque de mourir d'asphyxie, enterré vivant durant l'assaut de la cote 113, et doit sa vie à Édouard qui le déterre puis le réanime. Albert considère ensuite qu'il lui est éternellement redevable et a le cœur brisé quand il comprend qu'Édouard ne le suivra pas dans sa fuite avec Pauline.

Psychologiquement, il revient de la guerre traumatisé par son ensevelissement, étant de nature claustrophobe. De plus, il est sujet à la psychose. Le lieutenant Pradelle, dont Albert a été la victime de sa persécution à la fin de la guerre et durant la démobilisation, ainsi que l'entreprise d'escroquerie d'Édouard, ont poussé progressivement le jeune homme vers la paranoïa. Il garde même pour le lieutenant une peur paralysante.

Il est le personnage central de l'histoire dont le destin détourné vient perturber celui d'Édouard, le condamnant à une existence tragique. Il possède toutes les caractéristiques de l'antihéros :

- si la réussite du plan d'Édouard dépend de lui, il reste peureux et très réticent ;
- il doit son destin à Édouard, véritable héros qui lui a sauvé la vie. Il lui permettra plus tard de réaliser son rêve de vivre une vie tranquille avec une épouse aimante, pourtant incompatible à leurs escroqueries ;
- son sens de la justice est altéré : pris de remords pour les détournements de fonds qu'il effectue dans la banque où il est employé, il finit par les rembourser avec l'argent escroqué à plusieurs communes par la société factice *Le souvenir patriotique*.

ÉDOUARD PÉRICOURT

Également âgé d'une vingtaine d'années, Édouard est issu d'une famille riche et influente dans la société parisienne. Excentrique, il entretient une relation conflictuelle avec son père, qui est déçu de son gout pour la provocation et qui ne tolère pas son homosexualité. Artiste, il est très bon dessinateur : il a toujours utilisé ses talents pour peindre et esquisser des caricatures et des scènes parodiques ou érotiques de la vie de ses instructeurs. Pendant la guerre, il continue à croquer dans un carnet, en y représentant le quotidien des soldats.

Sauveur d'Albert, il lui est à la fois reconnaissant de l'avoir soigné de ses blessures, soutenu et logé, mais ne peut s'empêcher d'avoir une certaine rancœur à son égard : c'est en lui sauvant la vie que son destin a basculé vers un versant tragique. La conséquence première de cet acte est la perte de son visage : il devient une gueule cassée. Après son changement d'identité, Édouard Péricourt est mort aux yeux de la société. Sa réincarnation en Eugène Larivière puis en Jules d'Éspermont, sculpteur factice de monuments aux morts, ne lui permet pas de retrouver une réelle place au sein de la société.

Dépendant de la morphine puis de l'héroïne, il quitte cependant la vie à la manière d'Édouard Péricourt. Passant les derniers mois de son existence dans un hôtel prestigieux, le Lutetia, il devient encore plus excentrique, objet de fascination pour le personnel du palace qui le surnomme M. Édouard sans n'avoir jamais vu son visage. Alors qu'il doit retrouver Albert et Pauline à la gare, il revêt son costume des colonies, attachant à son dos une paire d'ailes vertes fabriquées avec les plumes d'un balai. Une fois sorti, il s'élance dans la rue et passe sous les roues de la première voiture. Sa mort peut être vue comme un accident, mais également comme un suicide, puisqu'il ouvre les bras devant l'arrivée de la voiture. On pourrait également interpréter ce saut de l'ange comme une montée au paradis, impression renforcée par ses ailes factices : « Pendant une seconde très brève, tout le monde vit clairement le corps du jeune homme cambré, le regard vers le ciel, les bras largement ouverts, comme pour une élévation. » (p. 556-557) Cette scène rend hommage au héros qu'il a été et orchestre son départ pour les cieux en tant qu'Édouard Péricourt. Cette fin lui permettra d'ailleurs de retrouver son identité, puisque son véritable corps sera enterré dans la crypte familiale, sous son véritable nom.

HENRI D'AULNAY-PRADELLE

Pradelle est issu d'une famille aristocratique dont il est le dernier membre. Il a pour ambition de redorer le blason de sa famille qui a tout perdu après de nombreuses escroqueries. Il souhaite, à terme, rénover la demeure familiale laissée à l'abandon : la Sallevière.

Ses exploits et manipulations pendant la guerre lui donnent accès au rang de lieutenant puis de commandant et enfin de capitaine à la démobilisation. Devenu un véritable héros après la guerre, il méprise les hommes qu'il juge inférieurs à son rang et insuffle une véritable terreur à Albert.

Jeune homme très séduisant, il épouse Madeleine Péricourt afin d'avoir accès à sa fortune et à son statut social tout en collectionnant les maitresses. Ses manipulations causeront sa perte puisqu'il passera plusieurs années en prison et vivra seul jusqu'à la fin de ses jours. C'est son fils, issu de son mariage rompu par Madeleine, qui découvre son cadavre en 1961, lors de l'une de ses visites semestrielles à son père. Il est alors âgé de 71 ans.

Sa description, dès les premières pages du roman, le présente comme un personnage négatif, violent, qui compte tirer profit de la guerre. Ce qui le rend définitivement suspect aux yeux du lecteur, ce sont ses poils :

> « Ce qu'Albert n'aimait pas non plus, c'étaient ses poils. Des poils noirs, partout, jusque sur les phalanges avec des touffes qui sortaient du col, juste en dessous de la pomme d'Adam. En temps de paix, il devait sûrement se raser plusieurs fois

Ces poils sont une référence au diable dont les représentations, notamment au Moyen Âge, font état d'une pilosité très abondante. Cette particularité fait également écho à son futur statut de poilu au même titre que tous les autres anciens combattants de la Première Guerre mondiale. Mais ici, la pilosité est si abondante qu'elle en devient « louche » : c'est un premier signe de la couardise de Pradelle. Il faut noter que cette description physique, orientée du point de vue d'Albert, rend l'homme antipathique et établit un premier lien entre les deux personnages.

POILU

Ce surnom de « poilu » était donné aux soldats français de la Première Guerre mondiale et, en de rares occasions, aux soldats de la Seconde Guerre mondiale par les civils. Soulignant le courage et la virilité de ces hommes, ce terme est tiré d'une expression argotique française « brave à trois poils », notamment employée par Molière dans *Les Précieuses ridicules*, qui désigne un homme vaillant. Populairement, une seconde origine est attribuée à ce terme : les soldats des tranchées, manquant cruellement d'hygiène, laissaient pousser leurs poils et leurs cheveux, leur donnant une apparence « poilue ». Pourtant, ce ne peut être vrai que pour le début de la guerre : dès lors que les gaz furent employés pendant le conflit, les masques à gaz interdisaient aux hommes de laisser pousser leur barbe. Cette seconde interprétation, bien que régulièrement contée, tient donc davantage de la légende.

Il est donc le personnage négatif du récit, ennemi d'Albert et d'Édouard d'un bout à l'autre de l'histoire, puisqu'après les avoir anéantis socialement, il les traque pour leur escroquerie sans le savoir, tentant d'échanger l'identité des responsables de l'affaire du *Souvenir patriotique* contre sa liberté.

M. PÉRICOURT

Âgé d'une soixantaine d'années, M. Péricourt est un riche homme d'affaires ayant de nombreuses relations dans le monde politique. Il est autant craint que respecté dans son milieu. Devenu veuf très tôt, il ne s'est jamais remarié et s'est occupé seul de ses deux enfants, Édouard et Madeleine.

Homme très froid, M. Péricourt rejette tout ce qui est hors norme et supporte très difficilement le comportement de son fils. Il prend son homosexualité comme un affront personnel. Durant la guerre, il ne prend que très peu de nouvelles d'Édouard et, à l'annonce de sa mort, il se sent soulagé. Ce n'est qu'un an plus tard qu'il comprend ce que cette perte implique et qu'il commence réellement à prendre conscience qu'il l'aimait. Il se lance alors dans un véritable travail de mémoire pour réhabiliter ce fils déchu.

MADELEINE PÉRICOURT

Sœur ainée d'Édouard, Madeleine a toujours joué les intermédiaires entre son père et son frère, auquel elle était très attachée. C'est en cherchant à retrouver sa dépouille qu'elle rencontre Albert Maillard et le lieutenant Pradelle, avec lequel elle se mariera quelques mois plus tard. Consciente des infidélités de son mari, elle reste digne et indifférente avant que son amour pour lui ne s'évanouisse. Si elle ne souhaite pas divorcer, persuadée qu'il fera un bon père pour ses enfants, elle n'hésite pas à l'abandonner à son triste sort au moment de sa condamnation par la justice. Lorsqu'elle découvre que son père s'intéresse à la mort de son frère, elle fait tout pour l'aider à se rapprocher de ce fils perdu.

JOSEPH MERLIN

Employé du ministère des Pensions, affecté au contrôle des cimetières, Joseph Merlin est en fin de carrière. Égoïste et taciturne, il est détesté autant par ses collègues que par sa hiérarchie. Frustré de n'avoir jamais évolué dans son métier, il reste néanmoins scrupuleux dans son travail. Il découvre les malversations de Pradelle et de ses employés et décide d'en faire son dernier combat. Peu intéressé par une guerre à laquelle il n'a pas participé en tant que soldat, il est toutefois touché par le sort réservé aux dépouilles de ces jeunes combattants que Pradelle ne voit que comme une vulgaire marchandise. Il refuse l'argent que ce dernier lui promet pour faire taire l'affaire, et termine sa carrière au ministère sans un sou et sans la moindre reconnaissance de son travail. Pour survivre après sa pension, il prend un emploi comme concierge dans un cimetière militaire.

LOUISE BELMONT

Louise Belmont est la fille de Mme Belmont, propriétaire de l'appartement habité par Édouard et Albert. Elle est très vite fascinée par le visage d'Édouard, l'aide à confectionner des masques pour le recouvrir et lui rapporte matériel à dessin et journaux de province. Elle devient une grande complice des deux anciens poilus dans leur détournement de fonds, allant jusqu'à prévenir Édouard à la fin du roman que Pradelle a retrouvé sa trace. Après la mort de sa mère, elle hérite de près de dix-mille francs qui avaient été déposés par les deux amis avant leur départ.

PAULINE

Pauline est âgée d'une vingtaine d'année et travaille comme bonne chez la famille Péricourt. Ses parents, tous deux issus du milieu ouvrier, lui ont inculqué le respect et les valeurs de la vie. Elle fait la rencontre d'Albert lorsque ce dernier a rendez-vous avec son employeur. C'est seulement une fois que l'ancien combattant est banquier et vêtu un peu plus élégamment qu'elle lui accorde de l'intérêt. En effet, recherchant argent et stabilité, c'est la place sociale et le caractère timide et rassurant d'Albert qui l'attirent dans ses bras.

Son visage est qualifié de « triangulaire » à plusieurs reprises. Cet adjectif n'est pas anodin : symbolisant d'abord une certaine stabilité, le triangle renvoie également au sexe féminin de par sa forme et dénote donc un certain sens érotique. Le lecteur apprend que Pauline est loin de laisser les hommes indifférents (notamment Labourdin et Pradelle) : si elle fait longtemps languir Albert avant de passer une nuit avec lui, elle reste très entreprenante. Ses descriptions sont très sensuelles.

D'abord choquée par l'escroquerie des monuments, elle hésite à peine une seconde lorsqu'Albert lui révèle qu'il a mené le complot et lui propose de partir vivre à l'étranger avec lui. Ainsi, les deux jeunes gens partent s'installer à Beyrouth, capitale du Liban et colonie française à l'époque de l'histoire.

CLÉS DE LECTURE

CONTEXTE HISTORIQUE :
LA PREMIÈRE GUERRE MONDIALE

Le roman a pour cadre la Première Guerre mondiale et plonge le lecteur à quelques jours de l'armistice. Ce conflit, qui s'est déroulé du mois d'aout 1914 au 11 novembre 1918, est né d'une crise qui a touché l'ensemble de l'Europe. Les différents États ont en effet des vues opposées et supportent de moins en moins les volontés expansionnistes et impérialistes de certains pays. La situation devient peu à peu critique. C'est un assassinat qui fera tout basculer : celui du prince héritier d'Autriche-Hongrie, François Ferdinand de Habsbourg (1863-1914), à Sarajevo, par un nationaliste serbe qui protestait contre la présence austro-hongroise dans les Balkans. Très vite, certains États s'allient et forment deux entités distinctes :

- la Triple-Entente, notamment composée de la France, du Royaume-Uni et de la Russie ;
- la Triple-Alliance, comprenant principalement l'Allemagne et l'Autriche-Hongrie.

C'est durant l'offensive de la cote 113, le 2 novembre 1918, que les destins des différents protagonistes se scellent : le lieutenant Pradelle, instigateur de l'offensive, tente d'y assassiner le soldat Albert Maillard, qui est sauvé in extrémis par Édouard Péricourt.

La guerre prend fin avec le traité de Versailles, signé le

28 juin 1919, qui se base notamment sur les Quatorze points du président américain Wilson (1856-1924) pour aider le redressement de l'Europe. Le traité mène à la création de la Société des Nations (organisation internationale visant à s'occuper des problèmes de sécurité collective) et se charge d'établir les différentes sanctions encourues par l'Allemagne et par ses Alliés. Ce traité aura de lourdes conséquences politiques et économiques :

- création de la Pologne ;
- séparation de l'Autriche-Hongrie et création de la Tchécoslovaquie ;
- l'Alsace et la Lorraine redeviennent françaises ;
- la Belgique obtient les cantons d'Eupen et de Malmedy ;
- l'Allemagne doit se séparer d'une grande partie de son matériel militaire, limiter le nombre de ses soldats, renoncer à son empire colonial et payer des réparations à la France et à la Belgique. Celle-ci trouva les conséquences du traité beaucoup trop douloureuses. C'est sur ce mécontentement qu'Hitler (1889-1945) s'appuiera pour mener sa campagne politique en 1933, ouvrant la voie à la Seconde Guerre mondiale.

La majeure partie du roman se déroule durant l'après-guerre, plus précisément entre 1918 et 1920. La France, bien que victorieuse, sort complètement dévastée de cet enfer. Tout est à reconstruire et à réorganiser. Il faut tout d'abord démobiliser les soldats, ce qui prend plusieurs mois. Pendant ce temps, Albert et ses compagnons sont parqués dans des casernes, sans pouvoir rentrer chez eux, attendant les ordres : « Le Centre de démobilisation est plein comme un œuf, on doit libérer les hommes par vagues de plusieurs centaines, mais personne ne sait comment s'y prendre, les ordres vont et viennent, l'organisation ne cesse de changer. » (p. 96) Il faut ensuite réintégrer les survivants dans la vie civile. Là encore, le roman témoigne des difficultés que connait la France à aider les rescapés. Albert, qui était comptable avant que le conflit n'éclate, ne retrouve pas son emploi, parce que quelqu'un d'autre a dû le remplacer pendant qu'il se battait. Il est donc contraint d'accepter des petits boulots pour survivre. Par conséquent, nombreux sont les soldats à tomber dans la précarité : ils n'ont d'ailleurs pas pu obtenir de pécule. C'est le cas d'Albert à qui on a proposé de choisir entre une vieille vareuse dont la teinture part à la première pluie ou 52 francs comme prime de démobilisation.

À côté de ces soldats qui ont tout perdu, le lecteur découvre que certains industriels profitent du contexte d'après-guerre pour s'enrichir. C'est notamment le cas de Pradelle qui monte une entreprise d'exhumation et d'inhumation de cadavres. En effet, grâce à ses relations politiques, il remporte le marché public ouvert par le ministère des Pensions pour la création de grands cimetières militaires. Pour ce faire, il faut déterrer les corps des soldats inhumés en hâte durant les combats afin de leur offrir une sépulture décente. Pour gagner plus d'argent, Pradelle triche sur la qualité du travail de différentes manières :

- il rabote la taille des cercueils à 1 mètre 30, obligeant les ouvriers à mutiler les cadavres pour les faire entrer à l'intérieur ;

- il utilise du bois de mauvaise qualité mais bon marché, ce qui provoque la dislocation de certains cercueils lors de leur transport ;
- il embauche des travailleurs d'origine étrangère qui ne savent pas lire. Ceux-ci ne peuvent donc pas reconnaitre les noms des soldats et ne les enterrent pas au bon endroit ;
- il sous-paie ses ouvriers, qui décident alors de dépouiller les cadavres pour augmenter leurs revenus ;
- il ne contrôle pas la qualité du travail sur place et multiplie les contrats, forçant ses ouvriers à suivre une cadence infernale.

Ainsi, Pradelle augmente la rentabilité de son entreprise en diminuant la qualité du service rendu, sans le moindre respect pour les dépouilles de ces soldats qu'il considère comme de la marchandise.

L'autre paradoxe que soulève l'auteur est le fait que le Gouvernement français et l'ensemble de la population font énormément de choses pour honorer ceux qui se sont battus pour leur liberté et qui sont tombés au combat, alors qu'ils abandonnent complètement les survivants. C'est la raison pour laquelle ils ont créé des cimetières militaires, lieux de recueillement pour les familles des victimes. Chaque commune a donc libéré des fonds et mis au point des souscriptions populaires pour ériger des monuments aux morts. C'est dans ce contexte qu'Édouard, qui vit désormais aux crochets d'Albert, décide de monter son arnaque pour s'en sortir. Il peut ainsi faire un pied de nez à cette France qui ne se soucie plus de son sort : « La seule chose qui aurait légè-

rement ébranlé le refus obstiné d'Albert, c'était l'argent [...]
Le pays tout entier était saisi d'une fureur commémorative
en faveur des morts, proportionnelle à sa répulsion vis-à-vis
des survivants. » (p. 266) Avec ce roman, Pierre Lemaitre
rappelle que la France n'a pas toujours soutenu ses héros et
qu'elle a une grande part de responsabilité dans le malêtre
dans lequel ont été plongés les survivants après la guerre.

LES GUEULES CASSÉES

La Première Guerre mondiale a fait plus d'un million de
morts côté français, mais aussi plusieurs millions de blessés.
Parmi ces soldats, certains, comme Édouard, ont subi des
mutilations irréversibles au niveau du visage. Ils ont alors
reçu le surnom de « gueules cassées », expression que l'on
doit à Yves Picot (colonel français, 1868-1932), premier président de l'Union des blessés de la face et de la tête.

À cette époque, les médecins ont rivalisé d'ingéniosité
pour créer des greffes et tenter d'atténuer l'horreur de ces
blessures. Dans le roman, Pierre Lemaitre fait référence à la
technique du professeur Dufourmentel, la plus aboutie à la
fin de la guerre : « La greffe Dufourmentel ! On vous pré-
levait des lanières de peau sur le crâne qu'on vous sanglait
ensuite sur le bas du visage. » (p. 90)

Chaque jour, ces « gueules cassées » croisaient dans le mi-
roir un visage qui leur rappelait l'horreur vécue sur le front.
Au-delà des souffrances physiques, ces soldats subissaient
également de nombreux troubles psychologiques. Ainsi,
rares étaient ceux qui parvenaient à se réintégrer totale-
ment dans la société. S'ils ne pouvaient affronter l'épreuve

d'une greffe, certains envisageaient de porter une prothèse. Édouard, lui, a choisi de cacher ses blessures derrière des masques. Le jeune homme se réfugie dans la drogue pour oublier la béance de son visage, utilisant la morphine puis, à la fin du roman, l'héroïne.

La France a eu beaucoup de mal à intégrer ces grands blessés, davantage encore que les autres survivants. Ils se sont alors réunis en association pour financer leurs soins et faire entendre leur cause. Ce n'est qu'à partir de 1927 qu'ils ont pu obtenir un domaine qui leur était dédié, la maison des gueules cassées, située à une quarantaine de kilomètres de Paris.

LE POIDS DE LA FILIATION

Les relations parents-enfant sont également largement abordées dans le roman. Chaque personnage a en effet vécu une relation conflictuelle avec l'un de ses proches, ce qui influe sur leur comportement et détermine certaines de leurs actions.

Henri d'Aulnay-Pradelle

Pradelle ne supporte pas la déchéance de sa famille. D'origine aristocratique, celle-ci s'est fourvoyée suite aux mauvais choix de vie de ses aïeuls. À la veille de la guerre, il se trouve donc désargenté et la demeure familiale est en ruine. Il veut prendre sa revanche et comprend très vite qu'il peut tirer parti de cette guerre pour redevenir riche, puissant et surtout, pour restaurer La Sallevière, symbole de la gloire familiale : « L'interminable déchéance de son père l'avait convaincu très tôt que la refondation de la famille reposait sur ses seules épaules et il était certain de disposer de la volonté et du talent nécessaires pour y parvenir. » (p. 28)

Édouard et M. Péricourt

Édouard et son père ne s'entendaient plus avant le début de la guerre. Conscient de cela, le jeune homme, vexé du rejet de son père, ne cessait de le provoquer, ce qui envenimait encore plus leur relation. Au sortir de la guerre, il apparait complètement infirme et refuse que ses proches le voient dans cet état par peur d'être davantage rejeté. Il préfère alors tirer lui-même un trait sur sa famille : « Il n'avait pas la moindre idée de ce qu'il allait devenir maintenant qu'il n'était plus Édouard Péricourt, mais il préférait n'importe quelle vie à celle dans laquelle il aurait fallu affronter, dans cet état, le regard de son père. » (p. 92)

De son côté, M. Péricourt, d'abord indifférent à l'annonce de la mort de son fils, est touché de plein fouet par le deuil qu'il ne parvient à surmonter. Il tente alors de se rapprocher de son défunt fils et de réhabiliter sa mémoire en lui érigeant un monument. Comble de la tragédie, il le tue accidentellement alors qu'il était venu retrouver l'homme qui lui avait vendu un faux monument. C'est ainsi que s'achève leur guerre :

> « Tout le reste de sa vie, il revit le regard d'Édouard, face à lui, à l'instant où la voiture l'envoyait au ciel. Il chercha longuement à le qualifier. S'y lisait de la joie, oui, du soulagement aussi, mais encore autre chose. Et un jour, le mot lui vint enfin : gratitude ». (p. 499)

Albert Maillard

Albert est un garçon effacé et peu sûr de lui, sur lequel plane l'ombre d'une mère revêche qui ne cessait de l'humilier. Bien qu'il n'entre jamais en contact avec elle durant le roman, Mme Maillard apparait fréquemment à Albert, en pensée. Chaque fois qu'il commet une action qu'il aurait souhaité réaliser autrement, Albert ne peut s'empêcher d'entendre le commentaire acerbe que sa mère aurait pu lui faire : « Dans ce genre de situation, Mme Maillard explosait : "Voilà, ça, c'est du Albert tout craché ! Quand il faut prendre une décision, montrer qu'on est un homme, plus personne !" » (p. 117)

UN ROMAN RÉALISTE

Bien que le contexte dans lequel se déroule *Au revoir là-haut* soit celui de la Première Guerre mondiale, nous ne pouvons pas le qualifier de roman historique, notamment parce qu'aucun des personnages fictionnels ne rencontrent de personnages ayant réellement existé. Par contre, nous pouvons considérer qu'il s'agit d'un roman réaliste contemporain.

En effet, cet ouvrage s'inspire de faits réels. Le scandale provoqué par Pradelle dans l'affaire des exhumations est inspiré d'une affaire similaire, découverte en 1922 et évoquée par l'historienne Béatrix Pau-Heyriès dans plusieurs de ses travaux au sujet de l'exhumation des cadavres de soldats de la Grande Guerre. On a ainsi découvert qu'une entreprise disposait plusieurs cadavres dans un même cercueil pour gagner plus d'argent.

Par ailleurs, l'auteur s'est beaucoup documenté sur la vie dans les tranchées ou sur le quotidien des soldats pendant et après la démobilisation.

Le caractère réaliste de ce roman se remarque également dans les descriptions faites par le narrateur :

- dans la scène de l'ensevelissement d'Albert, l'auteur décrit de manière très détaillée ce que le soldat pense être ses derniers moments à vivre : « Albert gesticule en tous sens. Ses poumons se remplissent de moins en moins, ça siffle quand il force. Il se met à tousser, il serre le ventre. Plus d'air. » (p. 25) ;
- il en va de même lorsqu'il révèle l'étendue des blessures d'Édouard, laissant apparaitre « un magma de chairs écarlates [...] plus de langue, la trachée fait un trou rouge humide » (p. 64) ;
- c'est également visible dans la description physique de Joseph Merlin : « C'était un homme assez vieux avec une tête très petite et un grand corps qui avait l'air vide, comme une carcasse de volaille après le repas. » (p. 277) ;
- Enfin, Pierre Lemaitre accorde une importance particulière à la psychologie de ses personnages. Chacun possède des caractéristiques propres et évolue au fur et à mesure de l'histoire. En voici un exemple avec la description du lieutenant Pradelle : son caractére « décidé », « sauvage et primitif », sa « dérermination de taureau » (p. 37) ne sont pas dus à une forme de courage, mais à la volonté de redorer le blason familial. Son caractère n'est pas héroïque mais vient d'une soif de fortune, ambition pour laquelle il tente d'utiliser la guerre.

UN ROMAN À TENDANCE PICARESQUE

Au revoir là-haut comporte plusieurs traits propres au roman picaresque, esthétique que l'auteur reconnait avoir cherchée durant la rédaction de son roman. Issu de la tradition romanesque espagnole du XVIe siècle, l'adjectif « picaresque » vient de *picaro*, qui signifie en espagnol « fripon », « miséreux », « futé ». On peut citer par exemple le célèbre roman de Cervantès (écrivain espagnol, 1547-1616), *Don Quichotte* (1605-1615), mettant en scène les aventures du personnage éponyme, Alonso Quichano, gentilhomme sans-le-sou tentant de vivre les aventures des romans de chevalerie qu'il affectionne, prenant un âne comme destrier et un paysan comme écuyer.

On retrouve les caractéristiques du roman picaresque dans certains points du roman étudié :

- Albert est un antihéros ;
- les personnages principaux (aussi bien Albert et Édouard que Pradelle) font leurs débuts dans une situation miséreuse et tente de gagner une meilleure condition en manigançant aux dépens de la société. Ils sont des profiteurs ;
- leurs aventures permettent de dresser le portrait d'une société, allant des couches les plus basses de la société (Poulos le marchand de drogues, les anciens combattants ruinés) aux plus hautes (le maire Labourdin, la famille Péricourt), faisant assister le lecteur à toutes leurs bassesses.

LE TRAGIQUE

Le versant tragique est relativement présent dans le roman, et ce dès les premières pages. Il est d'abord représenté par la guerre, qui laissera des séquelles importantes dans les consciences et les corps. Le destin tragique des personnages se trouve rapidement fixé par le narrateur :

- les soldats choisis par Pradelle pour espionner le camp ennemi sont condamnés à mourir, ce sont deux figures emblématiques choisies pour provoquer la colère des soldats, les motivant pour l'assaut ;
- on sait très rapidement qu'Albert va mourir : « finir enterré vivant [...] c'est exactement ce qui va se passer. Enterré vivant le petit Albert » (p. 22). Il en va de même pour Édouard, vu que le secours qu'il porte à Albert va lui faire « plus de mal encore » (p. 51). Son acte est vu comme un affront face au destin qui lui coute sa liberté et son destin prometteur : alors que le narrateur précise qu'il s'en sortira sans autre blessure qu'une jambe boiteuse, la réponse des dieux ne tarde pas :

> « Édouard, droit comme un "I" insulte le ciel, comme s'il fumait un bâton de dynamite. C'est alors qu'arrive à sa rencontre un éclat d'obus gros comme une assiette à soupe. Assez épais et à une vitesse vertigineuse. La réponse des dieux, sans doute. » (p. 52)

Provoquer le destin remodèle le sien de manière plus tragique et fulgurant, destin contre lequel il ne pourra pas lutter. Il le voue à vivre alors qu'il perd le gout de la vie, désormais incapable d'en profiter.

LA REPRÉSENTATION DE LA MORT

Relativement liée à la question tragique, la représentation de la mort prend une grande place dans le roman.

Une représentation réaliste

Elle est tout d'abord représentée par l'horreur de la guerre, sur le champ de bataille dans un premier temps : elle est violente et fulgurante, les cadavres entourent les soldats, eux-mêmes fauchés par les balles et les obus.

On note également que sa représentation fait appel à plusieurs sens du lecteur :

- **visuel :** le plus souvent, on assiste à la description de cadavres ou d'hommes en passe de mourir, notamment dans la première partie ;
- **tactile :** à plusieurs reprise les personnages manipulent des cadavres, ressentent l'absence de pouls, le froid de la peau ;
- **auditif :** on assiste aux derniers soupirs des personnages, mais aussi au silence de la mort ;
- **olfactif :** le narrateur décrit la puanteur des cadavres en décomposition, qu'ils soient sur le champ de bataille ou enterrés.

Une représentation métaphorique

Si la mort est décrite de manière très réaliste dans le récit, elle est parfois très métaphorique, notamment chez Albert et Édouard.

Concernant Albert, elle est symbolisée par la tête de cheval, dernière image qu'il a devant lui avant de mourir et à qui il tente de subtiliser une dernière bouffée d'oxygène. Si la description de la tête de cheval est d'abord très réaliste (« Il agrippe la tête de cheval, parvient à saisir ses grasses babines dont la chair se dérobe sous ses doigts, il attrape les grandes dents jaunes et [...] écarte la bouche qui exhale un souffle putride », p. 36), elle devient par la suite emblématique et représente, pour Albert, une image de la mort qu'il n'a jamais eue, à laquelle il a échappée. Si elle est « énorme, repoussante, une monstruosité » (p. 34), il tente par tous les moyens de retrouver cette ultime image qu'il emporte d'ailleurs avec lui aux colonies (il fait encadrer le dessin qu'Édouard lui en a fait et récupère le masque de tête de cheval de son ami). Ce choix est ici très justifié, le cheval représentant la mort dans plusieurs traditions, notamment chez les Grecs et Romains de l'Antiquité. Le destrier et son maitre étaient enterrés ensemble afin que l'homme puisse être amené aux Enfers par sa monture. Cette figure est en effet souvent liée aux Enfers, démoniaque et inquiétante. La mort est également représentée par un cheval par de nombreux peintres – on peut citer le tableau de Johann Heinrich Füssli (peintre et écrivain d'art britannique, 1741-1825), intitulé *Le Cauchemar* (1781).

À propos d'Édouard, la mort, d'abord présente par le trou béant que l'éclat d'obus a creusé dans son visage, est représentée par les ailes d'ange qu'il se confectionne lors de son départ de l'hôtel. La mort du personnage symbolise en quelque sorte une montée au paradis, une paix et une sérénité qu'Édouard aura mis trois ans à trouver.

PISTES DE RÉFLEXION

QUELQUES QUESTIONS POUR APPROFONDIR SA RÉFLEXION...

- Peut-on considérer *Au revoir là-haut* comme une fresque sociale ? Pourquoi ?
- Malgré le contexte historique dans lequel il s'intègre, expliquez pourquoi *Au revoir là-haut* n'est pas un roman historique.
- À votre avis, ce roman participe-t-il au devoir de mémoire de la Première Guerre mondiale ? Justifiez votre réponse.
- Albert Maillard est-il plus proche du héros ou de l'antihéros ? Expliquez.
- Pourquoi peut-on dire que les personnages sont hantés par leurs relations familiales ?
- Le personnage de Joseph Merlin est inspiré de celui de Cripure qui apparait dans *Le Sang noir* (1935) de Louis Guilloux (écrivain français, 1899-1980). En quoi se ressemblent-ils ?
- Peut-on dire que Pierre Lemaitre s'inspire de son métier de scénariste dans l'écriture de ce roman ? Expliquez votre réponse en vous basant sur une scène du roman.
- En quoi peut-on dire que ce roman comporte des traits propres à la tradition picaresque ?
- À la fin du roman, Édouard quitte son hôtel des ailes cousues au dos de sa veste. Que peut-on dire de ce costume ?
- En 2015, le roman a été adapté en bande dessinée : que dire de ce choix de réécriture ? Que met-il en valeur ?

Votre avis nous intéresse !
Laissez un commentaire sur le site de votre librairie en ligne
et partagez vos coups de cœur sur les réseaux sociaux !

POUR ALLER PLUS LOIN

ÉDITIONS DE RÉFÉRENCE

- Lemaitre P., *Au revoir là-haut*, Paris, Albin Michel, coll. « Littérature générale », 2013, 507 p.

ÉTUDE DE RÉFÉRENCE

- « *Au revoir là-haut*, roman picaresque et féroce de l'après 14-18 », in *L'Express*, consulté le 21 décembre 2016, http://www.lexpress.fr/actualites/1/culture/au-revoir-la-haut-roman-picaresque-et-feroce-de-l-apres-14-18_1278855.html
- « D'où vient l'expression un poilu ? », in *L'Obs*, consulté le 22 décembre 2016, http://tempsreel.nouvelobs.com/societe/20080312.OBS4740/d-ou-vient-l-expression-un-poilu.html
- *L'Encyclopédie des symboles*, Paris, La Librairie Générale française, 1996.
- « Pourquoi surnomme-t-on les soldats de 14-18 les poilus ? », in *Pourquois.com*, consulté le 22 décembre 2016, http://www.pourquois.com/histoire_geo/pourquoi-surnomme-t-soldats-14-18-poilus-.html

ADAPTATION

- *Au revoir là-haut*, bande dessinée de Pierre Lemaitre et Christian de Metter, Paris, Rue de Sèvres, 2015.

Retrouvez notre offre complète sur lePetitLittéraire.fr

- des fiches de lectures
- des commentaires littéraires
- des questionnaires de lecture
- des résumés

ANOUILH
- Antigone

AUSTEN
- Orgueil et Préjugés

BALZAC
- Eugénie Grandet
- Le Père Goriot
- Illusions perdues

BARJAVEL
- La Nuit des temps

BEAUMARCHAIS
- Le Mariage de Figaro

BECKETT
- En attendant Godot

BRETON
- Nadja

CAMUS
- La Peste
- Les Justes
- L'Étranger

CARRÈRE
- Limonov

CÉLINE
- Voyage au bout de la nuit

CERVANTÈS
- Don Quichotte de la Manche

CHATEAUBRIAND
- Mémoires d'outre-tombe

CHODERLOS DE LACLOS
- Les Liaisons dangereuses

CHRÉTIEN DE TROYES
- Yvain ou le Chevalier au lion

CHRISTIE
- Dix Petits Nègres

CLAUDEL
- La Petite Fille de Monsieur Linh
- Le Rapport de Brodeck

COELHO
- L'Alchimiste

CONAN DOYLE
- Le Chien des Baskerville

DAI SIJIE
- Balzac et la Petite Tailleuse chinoise

DE GAULLE
- Mémoires de guerre III. Le Salut. 1944-1946

DE VIGAN
- No et moi

DICKER
- La Vérité sur l'affaire Harry Quebert

DIDEROT
- Supplément au Voyage de Bougainville

DUMAS
- Les Trois
  Mousquetaires

ÉNARD
- Parlez-leur
  de batailles,
  de rois et
  d'éléphants

FERRARI
- Le Sermon sur la
  chute de Rome

FLAUBERT
- Madame Bovary

FRANK
- Journal
  d'Anne Frank

FRED VARGAS
- Pars vite et
  reviens tard

GARY
- La Vie devant soi

GAUDÉ
- La Mort du
  roi Tsongor
- Le Soleil des
  Scorta

GAUTIER
- La Morte
  amoureuse
- Le Capitaine
  Fracasse

GAVALDA
- 35 kilos d'espoir

GIDE
- Les
  Faux-Monnayeurs

GIONO
- Le Grand
  Troupeau
- Le Hussard
  sur le toit

GIRAUDOUX
- La guerre de
  Troie
  n'aura pas lieu

GOLDING
- Sa Majesté des
  Mouches

GRIMBERT
- Un secret

HEMINGWAY
- Le Vieil Homme
  et la Mer

HESSEL
- Indignez-vous !

HOMÈRE
- L'Odyssée

HUGO
- Le Dernier Jour
  d'un condamné
- Les Misérables
- Notre-Dame
  de Paris

HUXLEY
- Le Meilleur
  des mondes

IONESCO
- Rhinocéros
- La Cantatrice
  chauve

JARY
- Ubu roi

JENNI
- L'Art français
  de la guerre

JOFFO
- Un sac de billes

KAFKA
- La Métamorphose

KEROUAC
- Sur la route

KESSEL
- Le Lion

LARSSON
- Millenium I. Les
  hommes qui
  n'aimaient pas
  les femmes

LE CLÉZIO
- Mondo

LEVI
- Si c'est un
  homme

LEVY
- Et si c'était vrai...

MAALOUF
- Léon l'Africain

MALRAUX
- La Condition humaine

MARIVAUX
- La Double Inconstance
- Le Jeu de l'amour et du hasard

MARTINEZ
- Du domaine des murmures

MAUPASSANT
- Boule de suif
- Le Horla
- Une vie

MAURIAC
- Le Nœud de vipères

MAURIAC
- Le Sagouin

MÉRIMÉE
- Tamango
- Colomba

MERLE
- La mort est mon métier

MOLIÈRE
- Le Misanthrope
- L'Avare
- Le Bourgeois gentilhomme

MONTAIGNE
- Essais

MORPURGO
- Le Roi Arthur

MUSSET
- Lorenzaccio

MUSSO
- Que serais-je sans toi ?

NOTHOMB
- Stupeur et Tremblements

ORWELL
- La Ferme des animaux
- 1984

PAGNOL
- La Gloire de mon père

PANCOL
- Les Yeux jaunes des crocodiles

PASCAL
- Pensées

PENNAC
- Au bonheur des ogres

POE
- La Chute de la maison Usher

PROUST
- Du côté de chez Swann

QUENEAU
- Zazie dans le métro

QUIGNARD
- Tous les matins du monde

RABELAIS
- Gargantua

RACINE
- Andromaque
- Britannicus
- Phèdre

ROUSSEAU
- Confessions

ROSTAND
- Cyrano de Bergerac

ROWLING
- Harry Potter à l'école des sorciers

SAINT-EXUPÉRY
- Le Petit Prince
- Vol de nuit

SARTRE
- Huis clos
- La Nausée
- Les Mouches

SCHLINK
- Le Liseur

SCHMITT
- La Part de l'autre
- Oscar et la Dame rose

SEPULVEDA
- Le Vieux qui lisait des romans d'amour

SHAKESPEARE
- Roméo et Juliette

SIMENON
- Le Chien jaune

STEEMAN
- L'Assassin habite au 21

STEINBECK
- Des souris et des hommes

STENDHAL
- Le Rouge et le Noir

STEVENSON
- L'Île au trésor

SÜSKIND
- Le Parfum

TOLSTOÏ
- Anna Karénine

TOURNIER
- Vendredi ou la Vie sauvage

TOUSSAINT
- Fuir

UHLMAN
- L'Ami retrouvé

VERNE
- Le Tour du monde en 80 jours
- Vingt mille lieues sous les mers
- Voyage au centre de la terre

VIAN
- L'Écume des jours

VOLTAIRE
- Candide

WELLS
- La Guerre des mondes

YOURCENAR
- Mémoires d'Hadrien

ZOLA
- Au bonheur des dames
- L'Assommoir
- Germinal

ZWEIG
- Le Joueur d'échecs

www.lepetitlitteraire.fr

ISBN version numérique : 978-2-8062-9212-4
ISBN version papier : 978-2-8062-9213-1
Dépôt légal : D/2016/12603/930

Avec la collaboration d'Apolline Boulanger pour les parties du résumé « La démobilisation » et « Un retour à la vie civile », l'étude des personnages d'Albert Maillard, d'Édouard Péricourt, de Henri d'Aulnay-Pradelle, de Louise Belmont et de Pauline, ainsi que pour les chapitres « Un roman à tendance picaresque » et « La représentation de la mort ».

Conception numérique : Primento,
le partenaire numérique des éditeurs.

Ce titre a été réalisé avec le soutien de la Fédération Wallonie-Bruxelles, Service général des Lettres et du Livre.